O ENCONTRO

Maristela Oliveira | Ilustrações

Ricardo Aparicio | Poesia

Editora InVerso

© 2024. Editora InVerso

R. Doutor Goulin, 1523 Alto da Glória
CEP 80040-280 Curitiba-PR
(41) 3254-1616 e (41) 3558-8001
editorainverso@editorainverso.com.br
www.editorainverso.com.br
Facebook.com/editorainverso
Instagram @editorainverso

COORDENAÇÃO EDITORIAL / EDITORA
Cristina Jones

REVISÃO
Camila Dias Manoel

ILUSTRAÇÃO
Maristela Oliveira

CAPA, PROJETO GRÁFICO E DIREÇÃO DE ARTE
Adriane Baldini

DADOS INTERNACIONAIS DE CATALOGAÇÃO NA PUBLICAÇÃO (CIP)
MONA YOUSSEF HAMMOUD – CRB/9ª.1393

O48o

OLIVEIRA, Maristela; APARICIO, Ricardo. **O Encontro.**
OLIVEIRA, Maristela [il.]. Curitiba: Editora InVerso, 2024
70 p. 21 x 25 cm PTBR
ISBN: 978-85-5540-375-0

1. Poesia. 2. Amor. 3. Energia. 4. Sentimentos. 4. Artes plásticas.
I. Título

CDD: 700

ARTES: 700
ARTES PLÁSTICAS: 730.2

Este livro é dedicado aos nossos pais
Olga Elisa e Severiano Rolim de Moura (*in memoriam*).

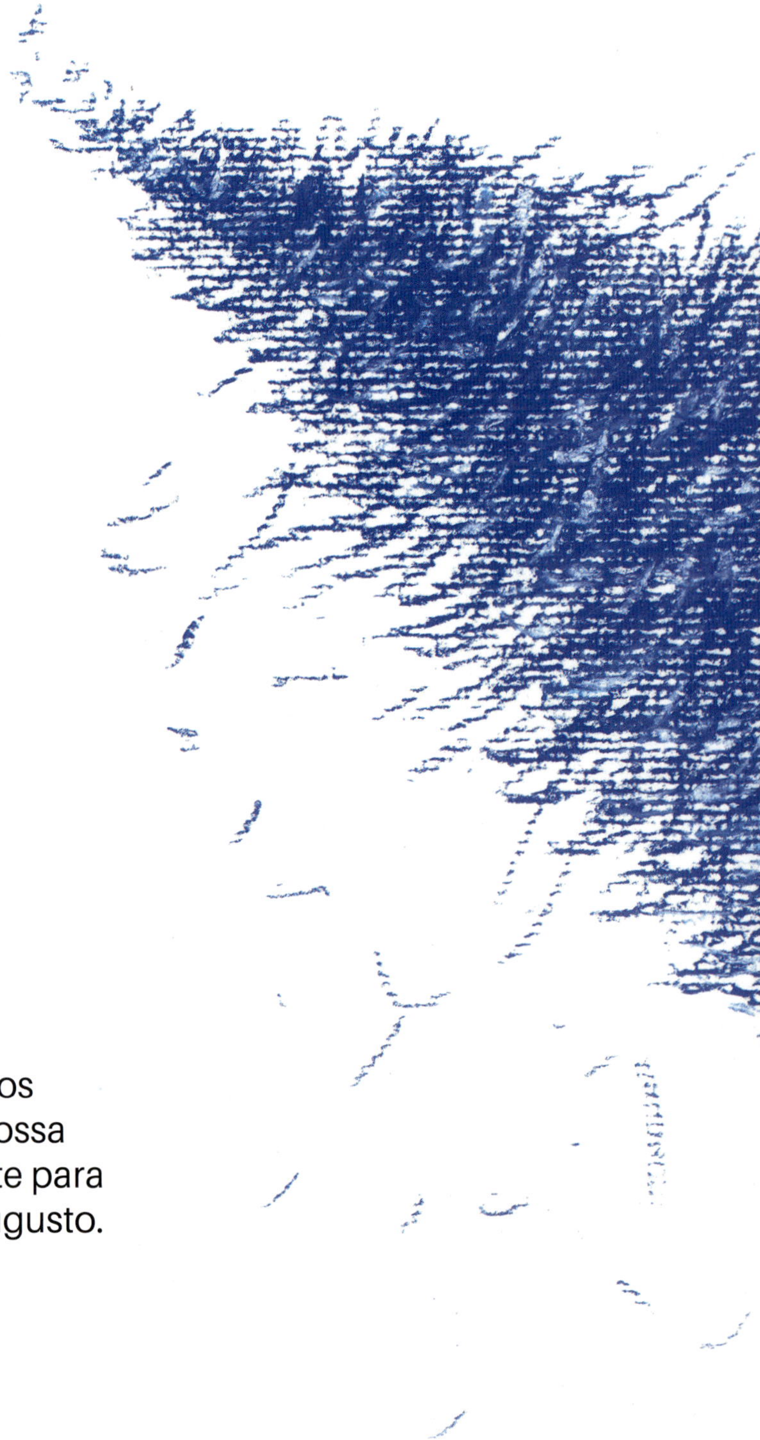

Agradecimentos a Deus e a todos
que apoiaram e incentivaram nossa
trajetória artística, especialmente para
Georgia, Carolina, Gustavo e Augusto.

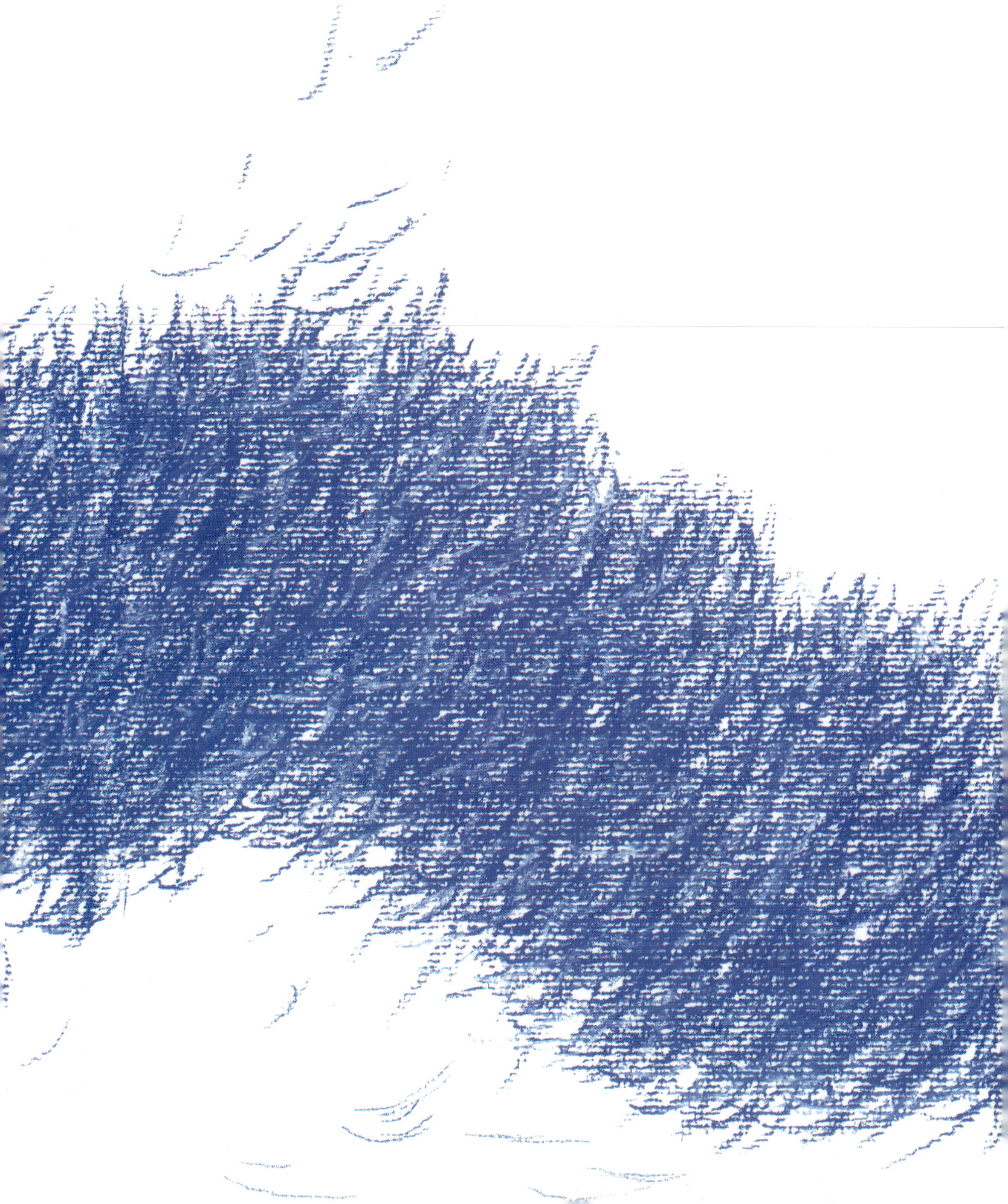

PREFÁCIO

Não existe hora marcada para o mais importante encontro consigo mesmo. Em cada vida, os momentos que marcam e que forjam o que somos vêm de caminhos e situações diferentes. Mas em alguns sentimentos, assim como nos amores, paixões e solidão, existe um encontro com o outro e consigo.

São estes momentos, vividos ou não pelo autor, que aparecem na poesia de Ricardo Aparicio. As poesias não têm título e foram organizadas pelo autor para criar um sutil fio condutor como numa estória com início, meio e fim, ou novo início, como queiram chamar. Essas buscas pelo encontro, carregadas de emoção e imagens no uso das palavras, fazem a conexão com o leitor.

As ilustrações de Maristela Oliveira foram criadas com base nas poesias, com a técnica de giz-pastel sobre papel, utilizando o conceito e estilo de sua série "Energia", que traz a representação da energia que geramos e recebemos em sintonia com a natureza e com nossos semelhantes.
O Encontro propõe uma experiência visual e poética. A poesia e a poesia das artes plásticas fundem-se neste trabalho, para nesta união trazer um olhar de reconhecimento e introspecção nesses sentimentos.

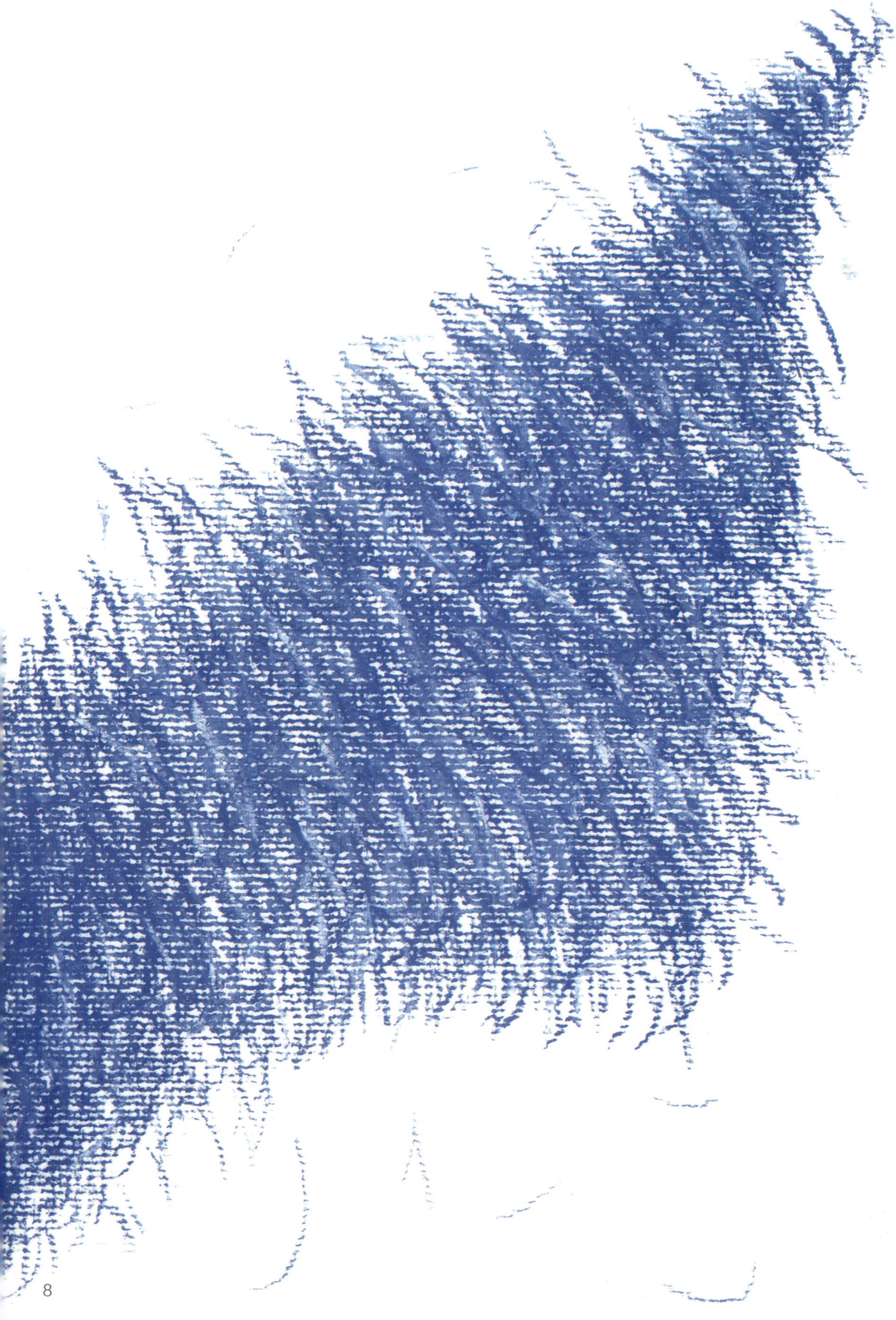

A beleza
Transpassa a pele
Supera a forma
Vem
Do que não se enxerga
Vem
Do que se sente

28/04/13

Quando te amei mais
Você me amou menos
Quanto menos te amo
Ainda mais você me ama
Quando mais me calo
Mais você me escuta
Quando o que eu sinto, falo
Você fica surda

O coração arde
A mente parte
Num voo solo
Encontra a morte
Ida sem volta
Amor sem sorte
Sonho de um tolo
Solitário e triste

26/06/14 Sabadell - Espanha

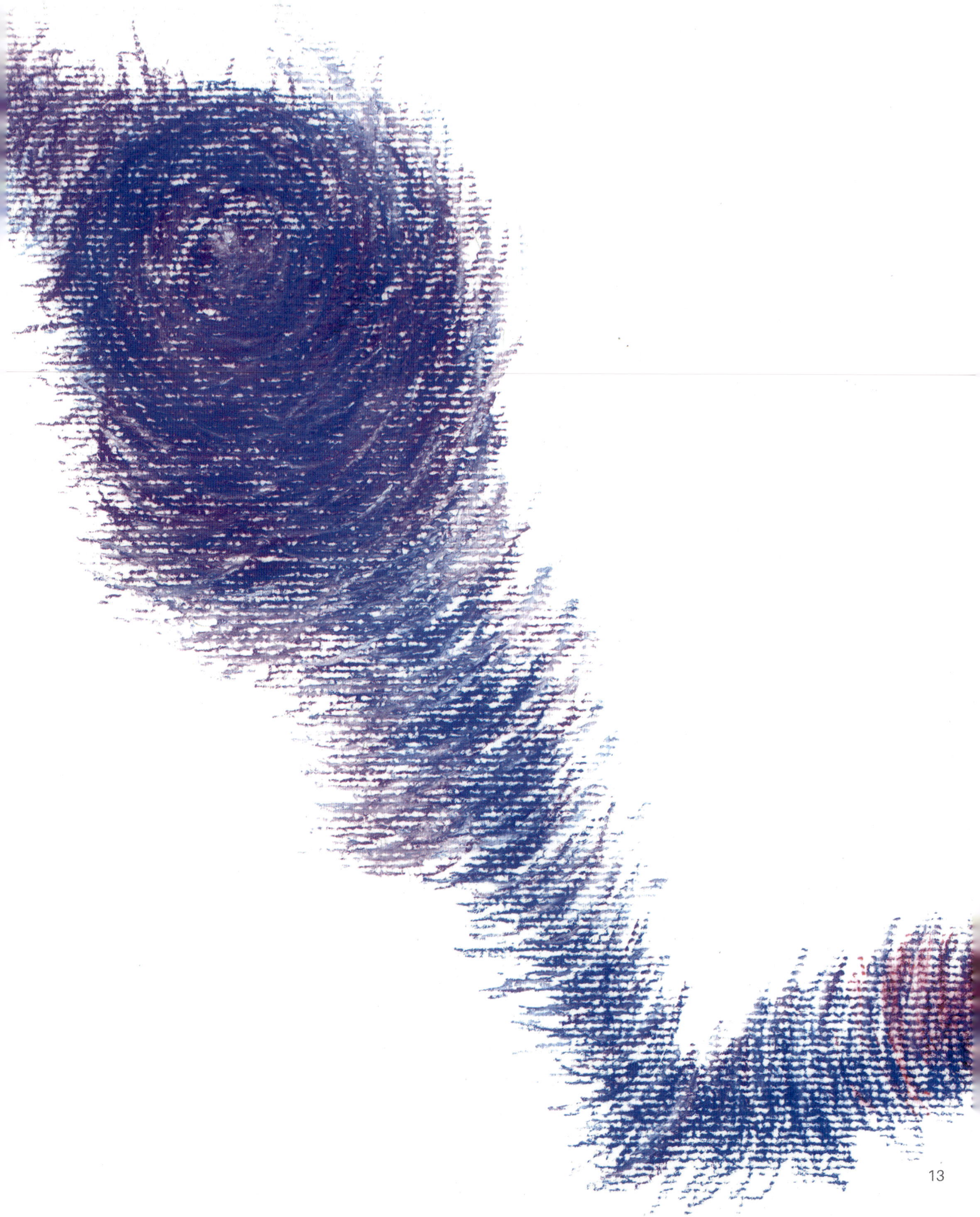

Você acha
Que é sorte sua
Imagina eu
Olhando pra lua

30/08/15 Curitiba

Todas as batidas
Do meu coração
Soam como um trovão

Tinha perdido a noção
Da distância entre nós
Até perceber
Que você estava tão perto

Como em uma explosão
Me divido
Entre o brilho e a sombra

Cego por tanta luz
Da sua presença
Já não tenho medo
Nem dúvidas

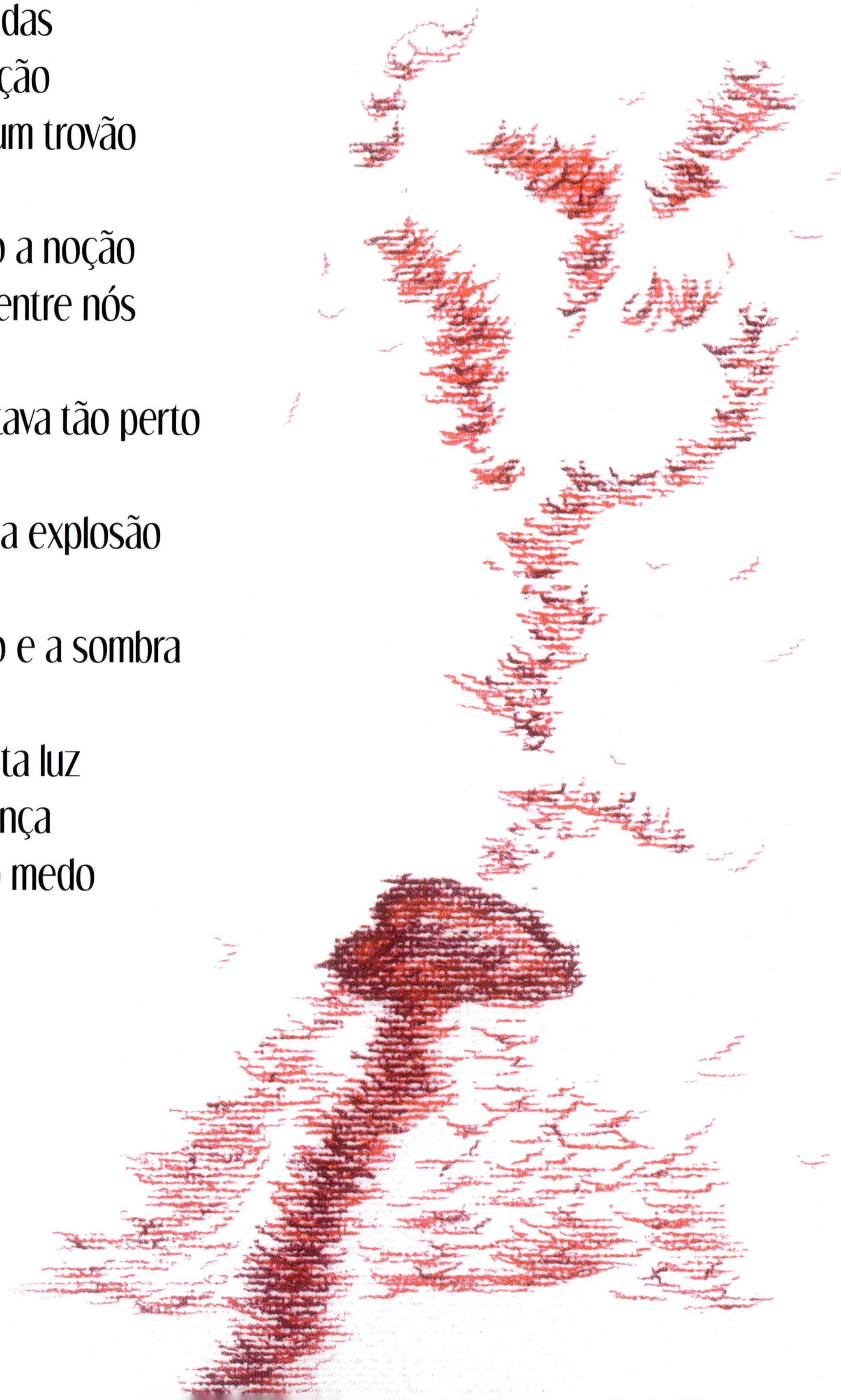

Como uma criança
Corro para os seus braços
Sem olhar o caminho

O que são estas pedras
E estas feridas
Diante de tanta alegria

Já não tem tropeços
Que me desviam

Você consegue também sentir
O cheiro da fumaça
Do combustível queimando
Tudo o que eu queria
Era mesmo estar aqui

Todas as batidas
Do meu coração
Soam como um trovão

16/01/16

Já foram tantas bocas
E pernas
Línguas
E dentes

Foram tantas verdades
E sentimentos
Mentiras
E medos

Foram tantos segredos
E escândalos
Enganos
E acertos

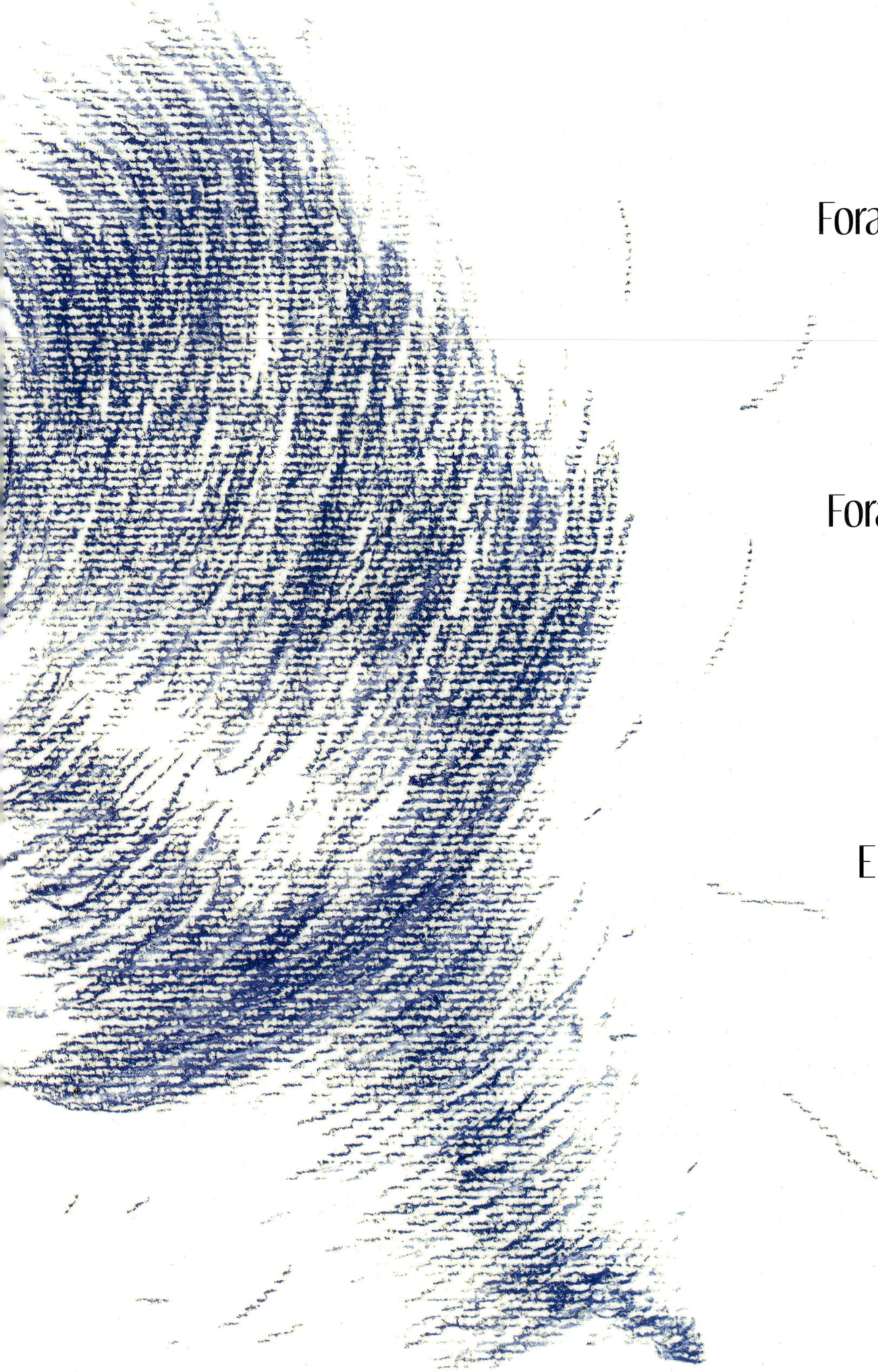

Foram tantos sorrisos
E dias
Noites
E frio

Foram tantos amores
E clássicos
Início
E desfecho

Foram tantos
E ainda tão poucos
Ardentes
Desejos

23/09/16

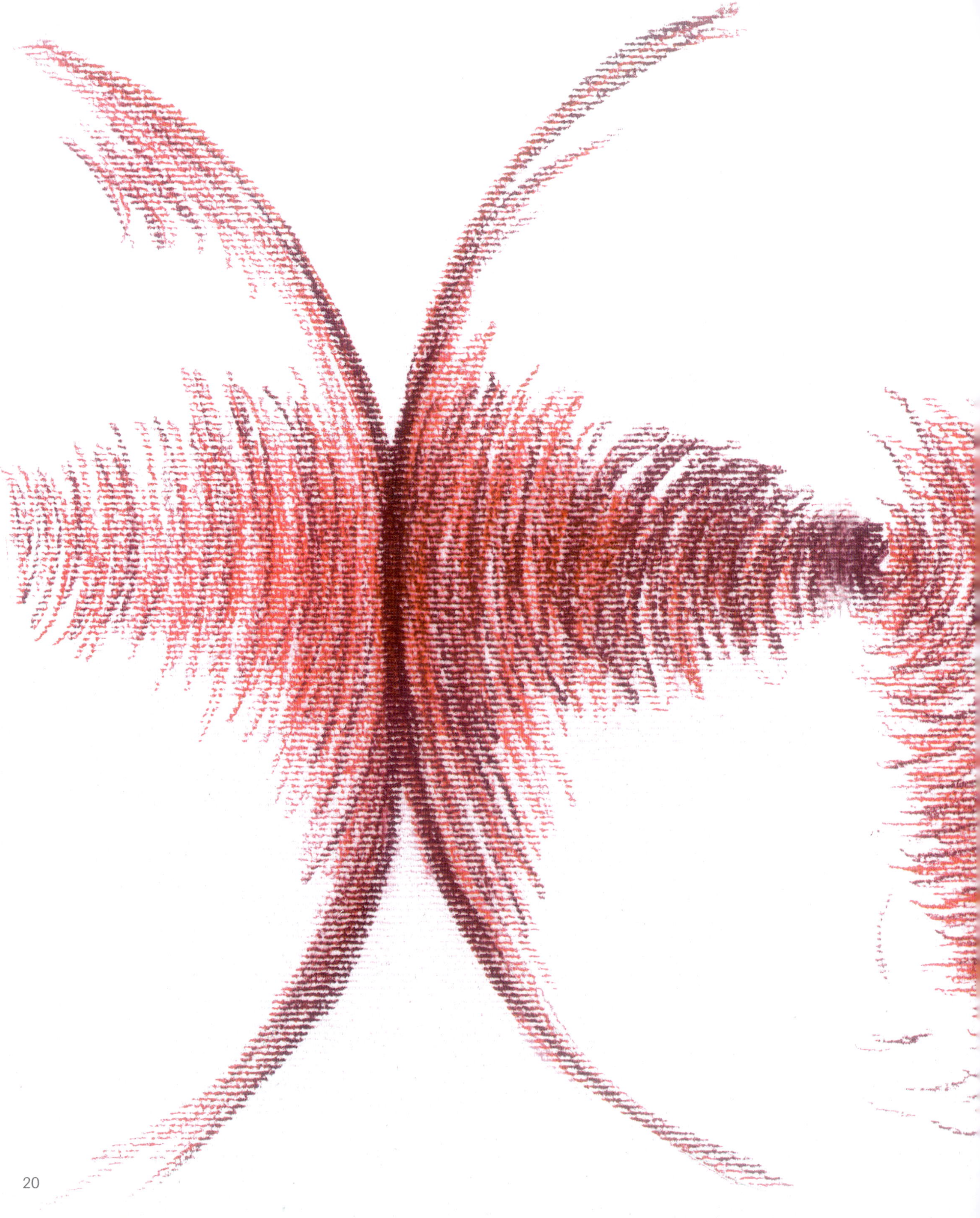

Sai lasca

Risca fogo

Forja em brasa

Religa

Quebra e cola

Absorve

Transforma

Induz

Engloba

Vai embora e retorna

10/04/17

Arranque

Folhas

Do passado

Rasgue

E deixe

Tudo em branco

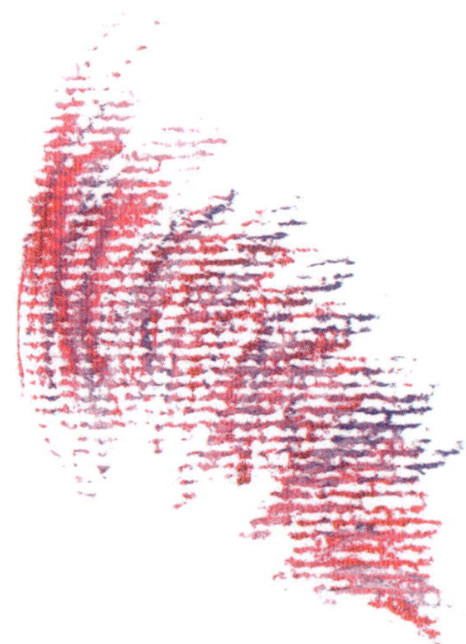

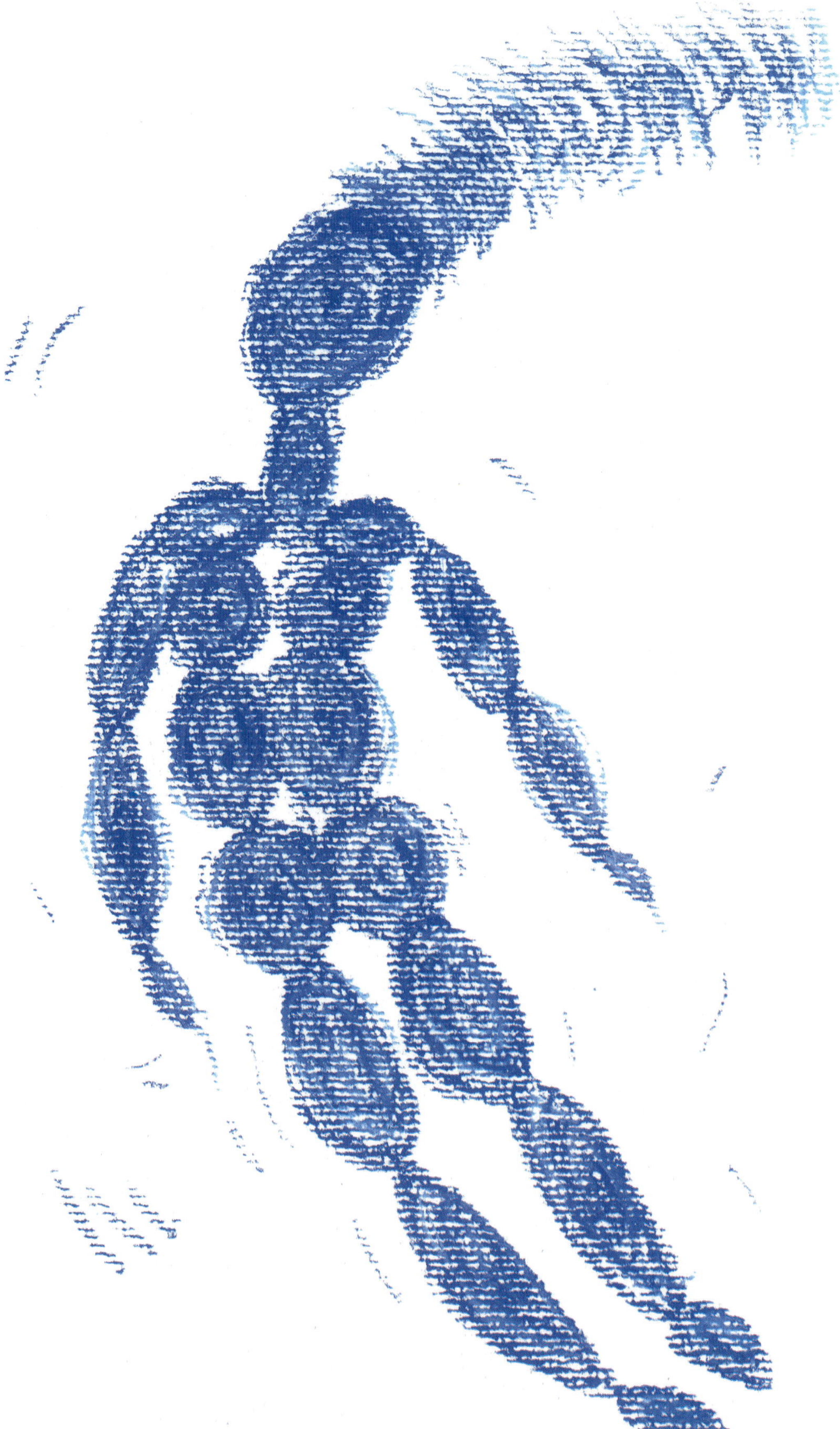

Beija-me
Deita seus lábios nos meus
Passa-me a língua
Devolve a saliva
À minha boca seca
Cala-me
Cale-se tudo num beijo
Misture-se
Quando ainda te amo
Até quando
Vai silenciar seu coração
Soterrando
O amor verdadeiro
Segura minhas mãos
E morda-me levemente
Não me farei distante
Repousarei minha cabeça
Em seus seios
Quanta força
Tem seu beijo
Rompe limites
Aproximando os amantes
Início e fim
Beija-me que te beijo

És a pura lembrança
Do amor que me visita
E que não avisa
Quando muda a lua?
A pura e dura pergunta,
Qual a lua da minha vida?

Vem me olhando tranquila
Pensei que tivesse sentindo
Que tivesse caminho
Que encontrasse resposta
Penso às vezes
Isso se encontra sozinho
Quando se está perdido
Diante de duas portas
O amor e seu olhar perdido
Imagine o que estou sentindo
O mar seguindo o rumo
Até encontrar a costa
Juntos, tão sincero e profundo
Vem tudo em um segundo
Em minha mente isso passa
Parece que você sabe o que eu sinto
Eu sinto que pareço sem sentido
Mas até disso você gosta

29/09/14 São Paulo

Não consigo

Definir as encostas

Onde batem

Minhas ondas

Não posso

Definir teus olhos

Teus pés

Só me resta beijar-te

01/03/05

Reencontro

Guardo o choro
Para quando estiver longe
Perto dela tenho alegria

Inúmeras
E repetidas vezes
Me apaixonaria

Como se algum dia
Por um segundo tivesse
Deixado de amá-la

É um brado que não cessa
Como o sangue que se esvai
Ganhando o solo
Manchando a tudo

Vou segurar
sua mão bem forte
Perto dela
tenho alegria

Depois sigo minha vida
Longe dela poderei chorar

O dedicado choro
Por um instante
Torna-se vida

Esqueço o mundo
Dane-se o mundo
Perto dela tenho alegria

30/04/06

O amor
É a seiva do mundo
Que nutre a vida
Que dá frutos

Amor profundo
Incrustado na terra
E em meu coração
No fundo

Que anda pelos palácios
E no submundo
Subjugando os fracos
Os fortes e os astutos

Amor imundo
Sujo prazer brilhante
No absurdo aparece
Some num só segundo

Amores artificiais
Dizem
Que duram pra sempre
Muito mais
Que paixões derradeiras

Vai do desejo
E dos detalhes
Do sexo
E das palavras

Como no teatro
É arte
Como uma escultura
É parte
E é inteiro

Artístico
Pensado e montado
Parece que tem vida
Tão real
Quase perfeito

Amor inventado
Artificialmente manipulado
Por nossos corações de brinquedo

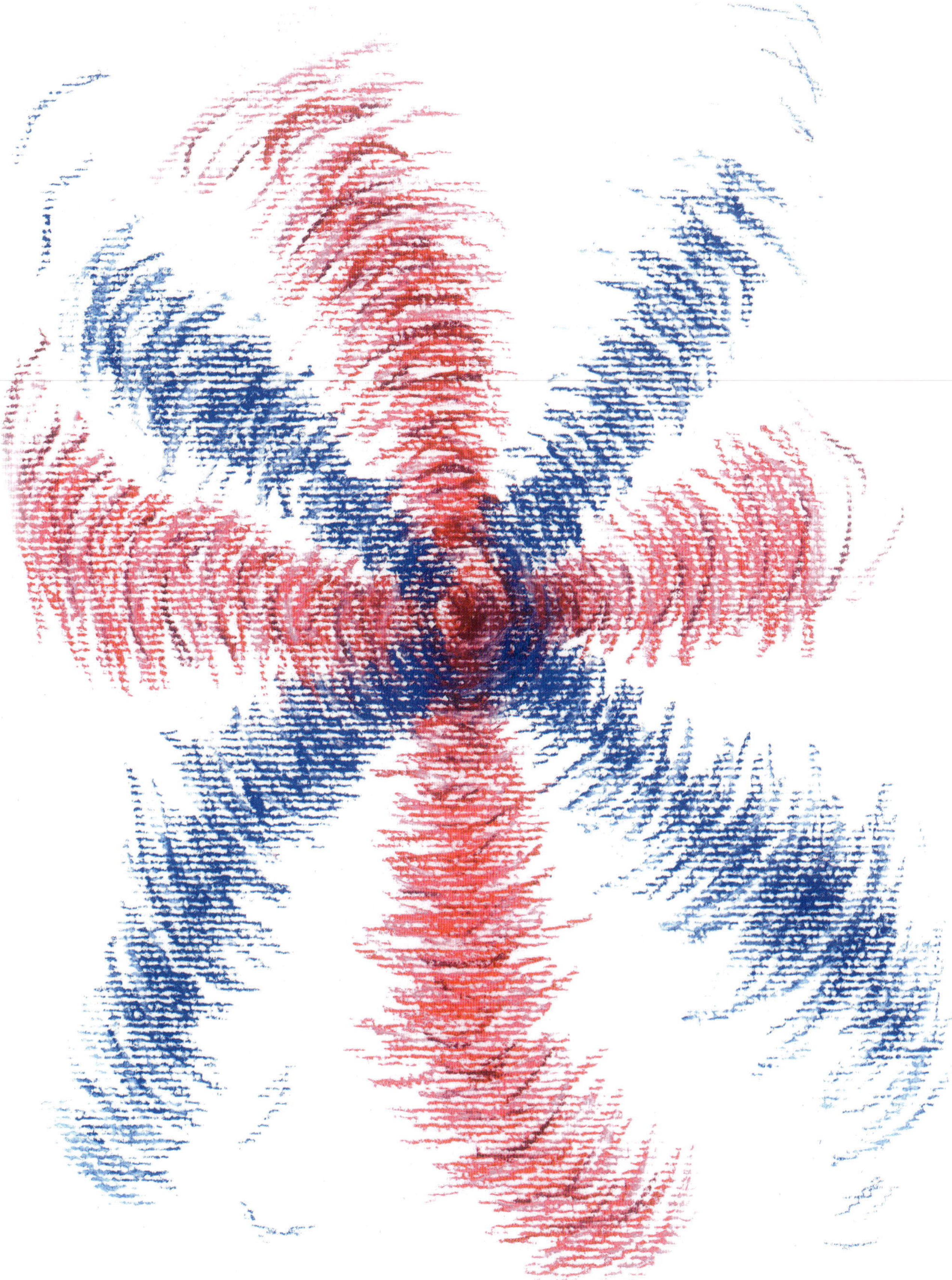

No campo fértil do coração
É você quem escolhe
As sementes que vai plantar

Amor ou ódio
Amizade ou inveja

Vaidade ou humildade
Ciúmes ou confiança
Mentira ou verdade

E tenha a certeza
De que o que semear
Irá germinar

25/09/18

E na madrugada
Quando sussurrar
Apenas eu estarei a ouvir

Quando doer teu peito
Eu serei o teu remédio
Serei o único alimento

Aquele que saciará tua fome
A última taça de vinho
Ao final da noite

E o abraço quente
Para cobrir teu corpo
Embalarei teus sonhos
Não são apenas promessas

Caminharei ao teu lado
Sem olhar a distância
Te darei minha vida
Soprarei meu ar em tua boca

E se achares pouco
Te darei de novo
Serei teu silêncio
E tua balbúrdia

Farei teu sorriso
Florescer à toa
Serei o sexo
Que te sacia toda

No ouvido a língua
Que te lambe e molha
Sem falar do amor
Que invade inteiro

Serei da flor
A água
Peço que me queiras
Senão
Serei nada

24/10/2020

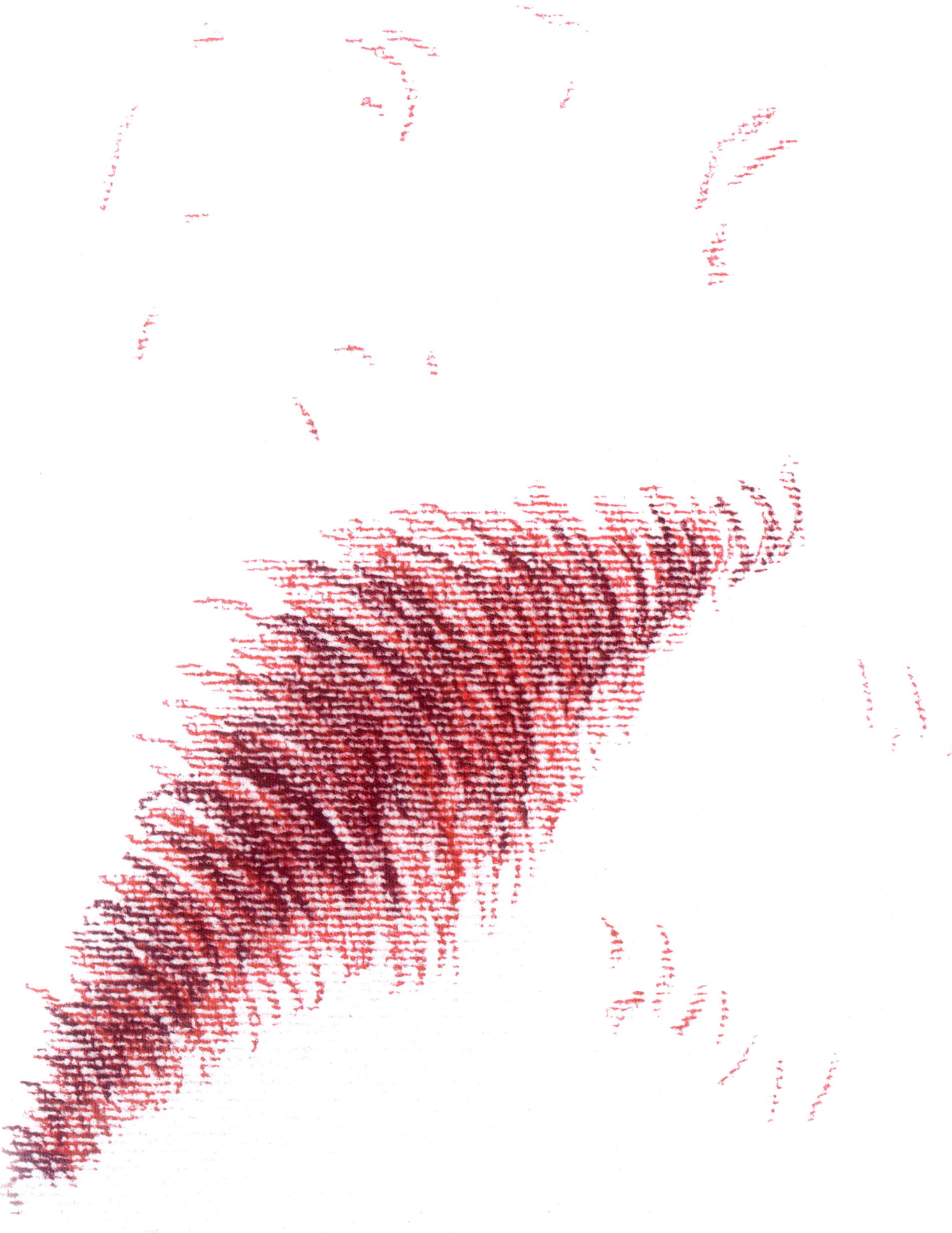

Te amei
Enquanto você persistiu
Em minha mente

Só isso fazia sentido
Sua lembrança permanecia
Em meio aos meus planos

E uma gota de seu perfume
Invadia meu dia
Como um oceano

Amor lapidado e cuidado
Até quando partiu

Quebrou-se em minhas mãos
Abrindo o corte que agora sangra
Minha carne exposta
Em meus desenganos
Minha carne fraca
Consumida por esse ledo engano

Te amei
Enquanto você existiu
Te amei
Até que o passado te engoliu

27/08/13 São Paulo

Não existe

Amor sem dor

Ou antes

Ou durante

Ou depois

31/05/13

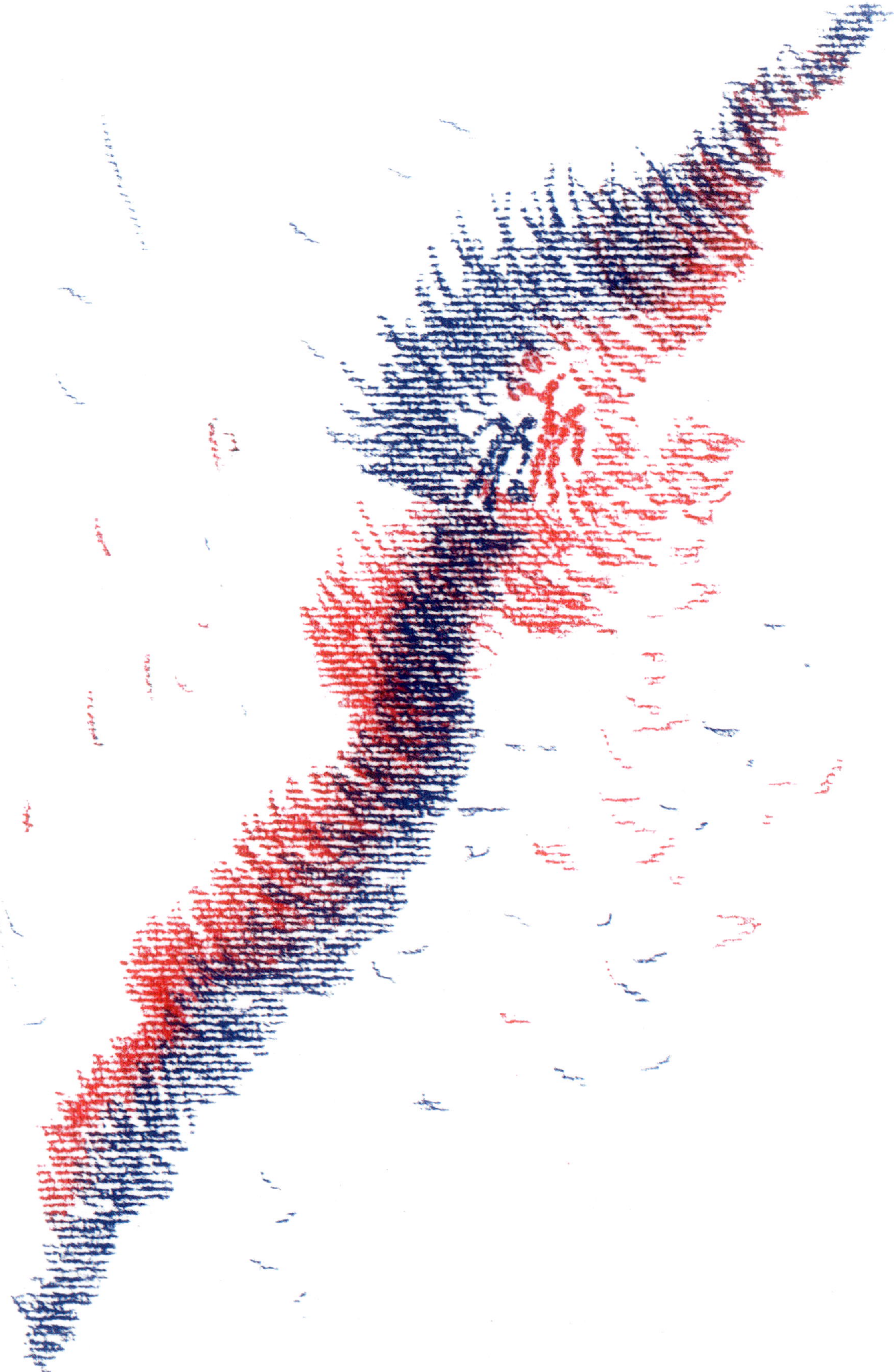

A saudade
É como a poeira
Que repousa
Sobre uma casa fechada

Com o tempo
Apesar de ainda
Tudo existir
Nada mais tem brilho

07/12/14 Curitiba

Era a última lágrima que ela
Deixaria rolar em sua face
Já não havia por que prolongar a dor

Era a última gota do seu amor
A solidão lhe trouxera tanta força
Que ao fim percebeu

O que sentia por ele
Era infinitamente menor
Do que sentia por si mesma

Amor próprio
Fácil escolha
Ele mesmo
Precipitou isso

E saiu pela vida
Jorrando sua alegria
Aos quatro cantos

Às vezes tremia um pouco
Ao imaginar o amanhã
Mas agora sabia
Do que era capaz

Seria capaz de amar
Se fosse também amada
Seria capaz de perdoar
Aquele que não aprendeu

Mas jamais
Em segundo plano
Isso não
Não era mais
A mesma mulher

02/12/14 Curitiba

Dá-me um pouco da tua solidão
Dá-me um pedaço

E aos poucos eu sinto o gosto
Para ver quanto posso

É tão forte para mim
Ver o que tu sofres
Em meio a noites vazias
Em meio aos teus porres

Já não tenho tanto medo
Do que eu sofro agora
Minha dor é mais serena
Vai e às vezes volta

Sinto como se fosse eu
Sinto com meus segredos
Vou sentir como se sente
Ouvir com os seus ouvidos

21/08/15 Curitiba

Hoje vou morrer
Um pouco dentro de mim
Para que eu possa
Renascer inteiro

Aquilo
Que não me acompanha
Vou deixar
Pelo caminho

Se fosse flor
Estaria morta
Apenas o caule
Cheio de espinhos

Se fosse pedra
Seria lança
Cravada na carne
Sangrando rios

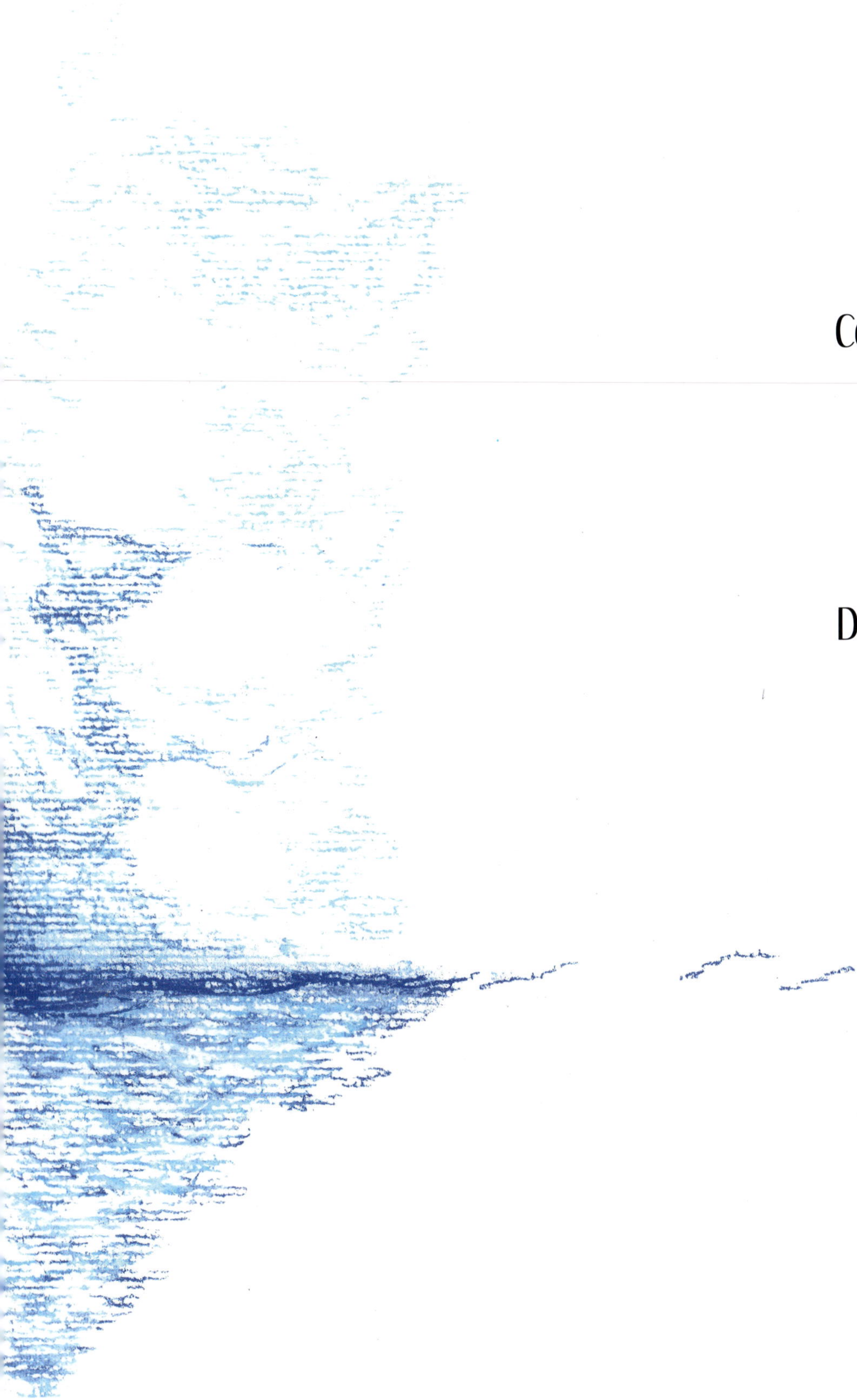

Se fosse noite
Seria fria
Sem lua
Cobrindo a estrada

Se fosse o céu
Seria a porta
No alto
Da escada fechada

Se fosse amor
Viraria ódio

Então é melhor
Que seja nada

11/01/15 Curitiba

Olho pela janela de minha alma
A luz que penetra me influencia
Aquece ou esfria

Sou de dentro para fora
Sou o que fica
E o que foi embora

Olho de dentro
Mas me interesso
Pelo que tem fora
De alguma maneira
Não me vejo
De todas as maneiras
Eu me sinto

Me noto
Pelo que me exponho
Pelo modo que me olhas

Já que me olhas
Me enfeito
E logo me dispo

Não sou minhas roupas
Aparências
Apenas me imito
Procuro
Eu busco
Me engano
Não minto

Apenas olho
Pela janela de minha alma
Para saber onde estou indo

28/08/16 São Paulo

O meu silêncio tem provocado
Tanto barulho dentro de mim
Que estou ficando surdo
Com tanto silêncio

Eu estava quase me desenhando
Quando percebi
Que era apenas rascunho
Rabisco, projeto

Posso então
Abandonar o mal feito
Jogar fora o borrado

Vou começar de novo
Dessa vez serei abstrato

17/06/17

A dor
Que parecia infinita
Foi embora
Mas deixou
O equilíbrio

Em minha alma
Me fez crescer

Que dor boa
Foi tão sentida
Foi fundamental

Todo o seu
Amargo sabor
Agora é tão doce
Recordação

22/03/14 São Paulo

Eu faço sombras
E as sombras se movem
Rumo ao que procuro

Às vezes
Meio inseguro
Apenas sigo
E a luz
Que faz a sombra
Se apaga

Sou agora
A própria sombra
Refletida
Voltada
Inclinada
Para o lado contrário

Escrevo flores destruídas
As pétalas caídas
As mais puras palavras
Dentre as minhas
Desculpas puras

Nem tão confessas
Desculpas sujas
Mentiras e quedas

Não me perdoe
Não te vejo perto
Não me perdoo
Me sinto longe

Veja o eclipse da lua
E a sombra
Que encobre
O brilho
Do meu coração

Tenho mais uma lágrima
Para chorar por ti
A última

A última medida
Desse amor que te cabe
Dentro de uma só lágrima

A mais pura
E mais singela
Lágrima por você

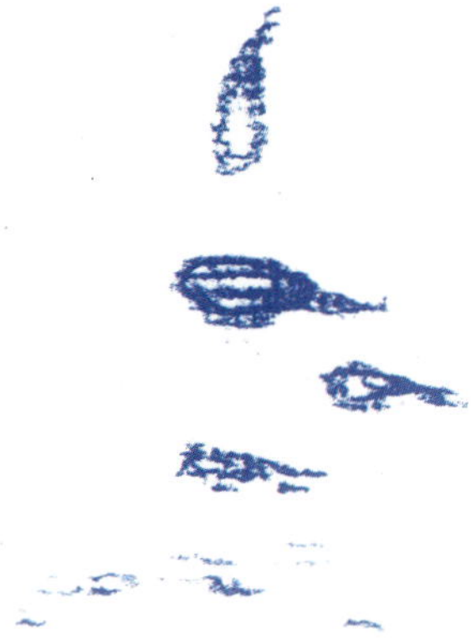

GENEVIEVE BERNARDONI

Sobre a ilustradora Maristela Oliveira

Natural de Chapecó, iniciou sua formação artística aos 16 anos com técnicas de pintura, vitrais, artesanato, porcelana, folheação em ouro e restauro de obras, com as mestras Stela Vitola e Maria Vitola.

No Museu Alfredo Andersen, a partir de 1989, com os mestres artistas Ronald Simon, Ilda de Camargo Coelho, Maria Cecilia Noronha e Dalva Lobo, teve sua formação acadêmica em História da Arte, Pintura e Desenho. Na sequência de seus estudos no Museu Alfredo Andersen desenvolveu trabalhos de pintura em diferentes tipos de materiais.

Em 2004 e 2005, estudou novas técnicas com a consagrada artista plástica Maria Ivone Bergamini, que influenciou o desenvolvimento de seu trabalho com o giz-pastel seco, técnica que marca sua obra e produção artística impressionista na série "Energia". Suas esculturas transformando em arte materiais reciclados de descarte doméstico e industrial fazem lembrar a sustentabilidade, o reaproveitamento e a ressignificação desses materiais.

Participou de inúmeras exposições individuais e coletivas, sendo destaque em várias Mostras da Casa Cor em Santa Catarina, Paraná e Rio Grande do Sul, Artefacto (PR) e mais recentemente como artista e curadora de arte da Decorare (SC).

@mo.artdesign

Sobre o autor Ricardo Aparicio

Compositor, músico, produtor musical e poeta, natural de Chapecó e conhecido na música pelo pseudônimo Ricardo Moura. Começou a compor aos 13 anos, participando de festivais e, posteriormente, iniciou seu trabalho como músico profissional gravando e fazendo shows com músicas autorais.

Fundador e vocalista da banda de blues e rock Bartenders (1991) ao lado de Carlos Gaertner e Júlio Afara, já tocou com importantes músicos do gênero no Brasil, como André Christovam e Roberto Frejat, Luis Carlini e Franklin Paolilo (membros do Tutti Frutti).

Como produtor musical, carrega em seu currículo mais de 70 álbuns em produções de estúdios e gravações ao vivo de artistas nacionais e internacionais. Em 2015, com seu álbum solo intitulado "AR", foi um dos finalistas do concurso mundial World Citizen Artists, Play For Changes, Belgravia Gallery of London e RFI (*Radio France Internacionale*). O músico representou o Brasil no Dia Mundial da Música em Paris, no renomado Le Bataclan Café, ao lado de artistas de vários países.
Seu gosto pela poesia sempre foi determinante em sua carreira e o manteve produzindo suas composições e escrevendo ao longo dos seus 45 anos de carreira.

@poetaempoesia

Fale conosco!
WhatsApp (41) 9798-7623
Instagram @editorainverso
editorainverso@editorainverso.com.br
www.editorainverso.com.br